Catalogage avant publication de Bibliothèque et Archives nationales
du Québec et Bibliothèque et Archives Canada

McAuley, Rowan

    Entre filles et garçons

    (Go girl!)
    Traduction de : Boys vs girls.
    Pour les jeunes.

    ISBN 978-2-7625-8958-0

    I. McDonald, Danielle. II. Ménard, Valérie. III. Titre. IV. Collection : Go girl!.

PZ23.M24En 2010   j823'.92   C2010-940961-2

Boys vs Girls de la collection GO GIRL!
Copyright du texte © 2007 Rowan McAuley
Maquette et illustrations © 2007 Hardie Grant Egmont
Graphisme de la couverture de Ash Oswald
Le droit moral de l'auteur est ici reconnu et exprimé.

Version française
© Les éditions Héritage inc. 2010
Traduction de Valérie Ménard
Révision de Ginette Bonneau
Infographie : D.sim.al/Danielle Dugal

Nous reconnaissons l'aide financière du gouvernement du Canada, par l'entremise
du Programme d'aide au développement de l'industrie de l'édition (PADIÉ),
pour nos activités d'édition.

Gouvernement du Québec – Programme de crédit d'impôt pour l'édition de livres.

Entre filles et garçons

PAR
ROWAN McAULEY

TRADUCTION DE **VALÉRIE MÉNARD**
RÉVISION DE **GINETTE BONNEAU**

ILLUSTRATIONS DE
DANIELLE McDONALD

INFOGRAPHIE DE **DANIELLE DUGAL**

Chapitre

un

— Attendez! Personne ne bouge! lance monsieur Bédard à travers le bruit des chaises qui glissent et des élèves excités. Vous n'irez nulle part avant que la cloche ait sonné!

Tout le monde rouspète et se rassoit sur sa chaise.

Isabelle jette un coup d'œil à l'horloge située au-dessus du tableau. Il reste quatre minutes.

Je n'ai pas envie d'être ici, pense-t-elle nerveusement. J'ai autre chose à faire !

— Oui Oscar ? demande posément monsieur Bédard.

Isabelle se retourne et aperçoit Oscar qui a la main levée.

— Monsieur Bédard, plusieurs d'entre nous devons rencontrer monsieur Champagne dans le bureau de madame Plante après l'école. Pouvons-nous partir tout de suite ?

Isabelle hoche la tête. Elle fait partie de ceux-là. Dites oui, monsieur Bédard !

— Bien essayé, Oscar, réplique monsieur Bédard, qui sourit et hoche la tête.

— Mais ce n'est pas comme si on quittait l'école plus tôt, proteste Oscar. Nous ne sortirons même pas de l'édifice.

— J'ai dit non.

Oscar fronce les sourcils.

Il ne reste que trois minutes, signale monsieur Bédard. Je suis certain que ce n'est pas si urgent.

Oscar se rassoit à sa place, déçu. Isabelle se retourne vers lui pour attirer son regard.

Lorsqu'il la regarde, elle hausse les épaules et lui adresse un sourire qui signifie : « Merci d'avoir essayé ! »

Oscar roule les yeux. Puis, il se retourne et murmure quelque chose à Félix, qui est assis à côté de lui.

Comme il est bête, pense Isabelle. Est-ce que quelqu'un comprend la façon dont pensent les garçons ?

Pas plus tard qu'hier, Oscar lui a donné sa barre tendre à la récréation, et maintenant, il ne lui sourit même pas. Elle hausse les épaules, puis reporte son regard sur l'horloge.

Il reste deux minutes…

Après la course folle habituelle vers les casiers, tandis que tout le monde va récupérer son sac au même moment, Isabelle se retrouve finalement à l'endroit qu'elle préfère – assise calmement devant un ordinateur dans la classe de sixième année.

— OK tout le monde? dit monsieur Champagne en faisant craquer ses jointures. Vous travaillez tous sur un projet, n'est-ce pas?

Isabelle hoche la tête, puis elle regarde les autres élèves. Il y a Oscar, bien sûr, et Félix à côté de lui, puis Xavier au bout de la rangée. Isabelle est assise avec Jade et Audrey. Ils ont tous eu la permission d'utiliser les ordinateurs en dehors des heures de classe pour terminer leurs projets d'étape.

— Parfait, alors. Est-ce que quelqu'un a besoin d'aide pour commencer?

Les six élèves secouent la tête.

— Bien, dit monsieur Champagne, car je dois aller à la salle des professeurs pendant quelques minutes. Pourrez-vous vous débrouiller sans moi?

Ils hochent tous la tête.

Pourquoi les professeurs croient-ils toujours qu'une catastrophe va survenir dès qu'ils auront le dos tourné? pense Isabelle en souriant. Que pourrait-il arriver?

Chapitre
deux

Isabelle, Audrey et Jade se sont avancées dans leur projet sur l'heure du dîner. Puisqu'elles sont disciplinées, elles s'assoient et commencent à travailler sur-le-champ. Tout le contraire des garçons! Isabelle les regarde en fronçant les sourcils. Pourquoi sont-ils aussi bruyants et font-ils des choses aussi inutiles?

Ils ne travaillent pas. Ils parlent de plus en plus fort et s'obstinent à savoir qui aura la meilleure idée pour un vidéoclip rock.

— Et à la fin, il y aurait une explosion monstre ! dit Xavier.

Puis, pour démontrer son idée à Oscar et à Félix, il lève les bras dans les airs en criant BOUM !

Oscar et Félix hurlent de rire.

— Et il y aurait du verre et du feu qui voleraient partout ! ajoute Oscar.

— Ouais, comme si la chanson rock était hyper géniale et qu'elle faisait exploser l'écran de télé, renchérit Félix.

— OUAIS !

Isabelle roule les yeux. Audrey secoue la tête en se plaignant de leur comportement bruyant.

Les gars sont trop fatigants!

Jade secoue aussi la tête.

— Quels idiots! marmonne-t-elle.

— Qu'est-ce que tu as dit? demande Oscar.

— Hein, quoi? répond Jade, étonnée.

Isabelle doute qu'Oscar les ait entendues. Mais il leur lance soudain:

— Est-ce que vous nous avez traités d'idiots?

— Quoi? dit à nouveau Jade en rougissant. Quoi? Hum...

— Nous parlions entre nous, l'interrompt Isabelle, à propos du travail pour lequel nous sommes venues ici.

— Et puis? poursuit Xavier. En quel honneur nous faisons-nous traiter d'idiots?

— Vous n'auriez pas ce privilège, répond mielleusement Isabelle, si vous vous mêliez de vos affaires. Et deuxièmement, pourriez-vous faire moins de bruit? Il y a des gens, ici, qui essaient de se concentrer.

Elle se retourne vers son ordinateur, puis elle repousse ses cheveux derrière ses épaules. Du coin de l'œil, elle peut apercevoir Audrey et Jade faire la même chose. Les trois filles s'échangent des clins d'œil en essayant de se retenir de rire.

Un message instantané apparaît soudain sur l'écran d'Isabelle.

AUDREY : Ah! Ah! Tu les as bien eus, Isa! lol Audrey XXX

Derrière son dos, elle entend Félix dire avec un accent pointu :

— Il y a des gens, ici, qui essaient de se concentrer. Le saviez-vous ?

Oscar et Xavier rient aux éclats.

Félix poursuit.

— Chut! Silence! Je veux le silence complet! Il y a des élèves ici qui sont trop princesses et qui ne peuvent pas endurer le bruit.

Les gars rient à se décrocher la mâchoire. Un autre message instantané apparaît sur l'écran d'Isabelle.

JADE: Ignore-les, Isa. Ils savent que tu as raison.

Isabelle sourit et répond à Jade.

MME ISA: Ne t'inquiète pas! ; -p

Les garçons ne sont pas difficiles. Les filles savent faire des choix éclairés.

Chapitre trois

Étonnamment, après quelques blagues de mauvais goût, les gars s'assoient et se mettent au travail. Ils sont tranquilles maintenant, et c'est tout ce qui compte.

Isabelle est absorbée par ses recherches sur Internet. Elle fait rouler sa souris et clique, puis fait rouler sa souris et clique à nouveau afin de trouver la meilleure image pour leur projet. En fait, elle est tellement concentrée qu'elle ne remarque pas que les gars rigolent entre eux. C'est simplement un bruit de fond. Puis, le bruit commence peu à peu à interrompre ses pensées. Elle porte finalement attention à ce qu'ils disent.

— Couleur préférée? Argent, murmure Oscar, en ayant l'air de se retenir de rire. Animal préféré? Licorne.

— Licorne! se moque Xavier. Comment est-ce que ça peut être son animal préféré? Ça n'existe même pas!

— Ouais! répond Félix en riant. Et j'imagine que son personnage préféré est la fée des dents?

Ils rient tous de cette blague.

Isabelle a soudainement froid. Elle est étourdie, et elle a l'impression que tout son sang est descendu dans ses pieds. Je crois que je vais être malade...

— Isa ? demande Audrey en lui touchant le bras. Qu'est-ce qu'il y a ? Tu n'as pas l'air bien.

Isabelle ignore comment elle parvient à bouger son corps. Elle a si froid et se sent tellement bizarre. Elle se penche, puis regarde son sac posé sur le sol. Il est ouvert.

— Et quoi d'autre? chuchote Xavier à Oscar.

— Voyons voir... Oh, regarde! Le questionnaire d'un magazine. «Êtes-vous trop gentil pour être honnête?» Et elle a répondu!

— Waouh! jubile Félix. Lis-le!

Isabelle serre les dents, puis elle se penche à nouveau pour regarder dans son sac. Elle sait déjà ce qu'elle y découvrira, mais elle veut en avoir la certitude. Juste au cas où les gars seraient en train de lire autre chose que ce qu'elle croit.

Elle ouvre son sac. Il n'est pas tout à fait vide. Son tablier, sa boîte à lunch et son devoir sont bien là. Mais il manque un objet très important.

— Isabelle ! souffle Jade. Qu'est-ce qui ne va pas ?

Le sang lui remonte soudain à la tête. Elle se sent rougir. Elle brûle de rage. Elle se retourne, puis elle aperçoit les gars regroupés au-dessus d'un livre argent et rose.

— Comment osez-vous ? s'écrie-t-elle, faisant sursauter tout le monde, y compris les filles. Comment OSEZ-vous ?

Elle tremble de colère.

— Qu'est-ce qu'ils ont fait, Isa ? demande Audrey.

Oscar referme le livre.

— Rien, dit-il doucement.

— Ce n'est pas vrai! crie Isabelle. Vous avez fait quelque chose de grave. Vous lisiez mon AGENDA!

Chapitre quatre

Jade et Audrey ont le souffle coupé. Il faut dire que l'agenda d'Isabelle est pratiquement célèbre. Tout le monde a un agenda scolaire, mais celui d'Isabelle est unique.

Ce qui rend l'agenda d'Isabelle unique, ce n'est pas sa couverture argentée, qu'Isabelle a décorée avec des fleurs roses et orange qu'elle a découpées une par une dans les revues de jardinage de sa mère. Ce ne sont ni les autocollants et les jolies images qu'elle collectionne, ni les feuilles, les fleurs et les signets qu'elle a insérés partout entre les pages. Et ce n'est pas ce qu'elle écrit avec un stylo vert non plus.

Ce qui rend l'agenda d'Isabelle unique, c'est qu'il contient TOUS les détails de sa vie. En plus de ses devoirs, de la date d'anniversaire de ses amies et des banalités de tous les jours, son agenda contient tous les noms et les pointages pour les compétitions de saut à la corde, toutes ses répliques de films préférées, ainsi que tous les problèmes qu'elle a résolus (ou causés!) à l'époque où elle essayait de donner des conseils à ses amies.

Son agenda est l'objet le plus précieux et le plus personnel qu'elle possède. Même Zoé et Aurélie ne le liraient pas sans lui demander la permission. Et maintenant, une bande de garçons mal intentionnés le lui a volé et s'amuse à ses dépens.

— Vous êtes vraiment imbéciles! s'emporte Isabelle. Rendez-moi ça tout de suite!

— Imbéciles? répète Oscar. Tu nous traites d'imbéciles, maintenant?

Ils sont tellement méchants!

— Rendez-le-moi! insiste Isabelle, la voix tremblotante.

— Tu nous as traités d'imbéciles, rappelle Xavier. Et d'idiots! Pourquoi devrions-nous faire ce que tu dis?

— Rendez-le-moi maintenant! dit Isabelle d'un ton sec.

Elle a l'intention de leur laisser 10 secondes avant de commettre un geste drastique.

— On dit «s'il vous plaît», la relance Félix d'une voix agaçante.

Isabelle prend une grande respiration. Si ça peut me rendre mon agenda, ça en vaut la peine, décide-t-elle.

— S'il vous plaît, laisse-t-elle tomber à voix basse.

— Tu ne le penses pas ! dit Oscar avec un sourire en coin.

Isabelle prend une autre respiration.

— S'il vous plaît, rendez-moi mon agenda.

Oscar pose un doigt sur son menton en faisant semblant de réfléchir.

— Hum... Hum... J'y pense... non. Nous le garderons finalement un peu plus longtemps. Merci.

Il pianote sur l'agenda, puis il se met à en tourner les pages.

— Bingo ! Aimez-vous quelqu'un en secret ? Qu'as-tu répondu, Isa ? demande Oscar en souriant. Allons voir la réponse !

Dans un élan de colère, Isabelle repousse sa chaise, puis se précipite vers Oscar. Elle hésite une fraction de seconde entre son envie d'agripper son agenda et celle d'agripper le cou d'Oscar. Cependant, elle ne parvient pas à rejoindre ni l'un ni l'autre. À mi-chemin, elle trébuche sur une boîte de papier pour l'imprimante et tombe tête première sur le tapis.

— Isa ! crie Jade.

— Est-ce que ça va ? demande Audrey en accourant vers elle pour lui venir en aide.

Isabelle relève la tête et aperçoit Oscar qui lance son agenda à Félix en souriant. Jade part en flèche et essaie de l'attraper. Mais Félix le lance rapidement à Xavier.

Isabelle se relève, puis Audrey et elle zigzaguent entre les tables pour empêcher Xavier de s'échapper.

— Oscar! crie Xavier en lui lançant l'agenda.

— Félix! dit Oscar en le lui donnant.

— Que se passe-t-il ici? dit monsieur Champagne qui vient d'entrer dans la salle.

Il n'a pas l'air content du tout.

— On vous entend jusqu'à l'autre bout du corridor.

Enfin ! pense Isabelle. Je suis sauvée.

Mais soudain, Félix se dirige rapidement vers le mur extérieur et lance l'agenda par la fenêtre.

Chapitre cinq

Isabelle n'hésite pas. Sans même demander la permission à monsieur Champagne, elle sort précipitamment de la classe.

— Isabelle ! l'entend-elle dire.

Mais elle ne s'arrête pas.

Elle court dans le corridor, puis descend l'escalier en enjambant trois marches à la fois afin de se rendre dans la cour le plus vite possible. Elle atterrit au bas de l'escalier dans un bruit sourd, et court à toute vitesse vers le terrain de handball, qui est situé juste à côté de la fenêtre de madame Plante.

Son agenda est là, sur l'asphalte, ouvert face au sol. Ses lettres, ses fleurs et ses jolis signets sont éparpillés tout autour. On dirait que son agenda vient d'exploser!

Isabelle se rue vers son agenda. Lorsqu'elle le prend, elle constate que certaines pages sont déchirées ou froissées. La couverture est sale et endommagée.

Elle chasse délicatement la poussière, puis défroisse les pages du mieux qu'elle le peut. Elle prend ensuite le questionnaire de magazine qu'Oscar s'apprêtait à lire, celui à propos de son béguin secret. Elle est soulagée qu'il ne l'ait pas lu, car jusqu'à aujourd'hui, Oscar était le

garçon avec qui elle avait le plus de points en commun.

D'une part, il est intelligent. D'autre part, elle et lui ont plusieurs intérêts semblables. Par exemple, chacun d'eux joue aux échecs avec son père. De plus, tous les deux souhaitent travailler dans une station spatiale plus tard. Enfin, chaque semaine, ils peuvent passer des heures à s'obstiner quant à la meilleure chanson du décompte musical !

Isabelle apprécie ces conversations. Elle croyait qu'Oscar les appréciait aussi. En fait, pense-t-elle, j'étais certaine qu'il m'aimait bien.

La semaine précédente, pendant le cours d'éducation physique, Oscar était le capitaine de l'équipe, et il avait choisi Isabelle en premier parmi toutes les filles – il avait d'abord choisi les garçons de sa bande, bien sûr. Et puis lundi, tandis qu'ils attendaient tous les deux en file à la cantine, Oscar a laissé Isabelle passer devant. C'est pour toutes ces raisons qu'Isabelle a pensé à Oscar en répondant aux différents points du questionnaire. Elle a obtenu une majorité de B, ainsi que quelques A.

Au bas du questionnaire figure son résultat :

La combinaison idéale ! Tu ne penses pas à l'amour, mais plutôt à la relation amicale que tu entretiens avec ton ami. Ce garçon deviendra peut-être ton copain éventuellement. Qui sait ? Mais ce n'est pas ta priorité. Ce qui t'importe pour l'instant, c'est de passer du temps de qualité avec lui.

Et c'est exactement ce que ressent Isabelle pour Oscar ! En fait, disons que c'est ce qu'elle ressentait.

Pourquoi est-il méchant avec moi, maintenant ? pense Isabelle, les larmes aux yeux. Ce n'est pas logique.

Elle est en train de ramasser ses signets, ses billets de cinéma et ses autocollants lorsqu'elle entend des pas se diriger vers elle. Elle lève la tête et aperçoit Jade et Audrey qui traversent la cour d'école.

— Nous sommes venues dès que nous avons pu, dit Audrey, à bout de souffle.

— Nous avons dû tout expliquer à monsieur Champagne pour qu'il nous permette de venir t'aider, poursuit Jade.

Isabelle renifle et cligne des yeux pour empêcher les larmes de couler. Elle ne veut pas que ses amies se rendent compte qu'elle est sur le point de pleurer. Être fâchée contre les garçons est une chose, mais être triste à cause d'eux en est une autre. C'est plutôt gênant.

— Que s'est-il passé? demande-t-elle. Est-ce que je vais avoir des ennuis pour être sortie en courant?

— Pas du tout, dit Jade. Nous avons expliqué en détail à monsieur Champagne ce qui s'est passé.

— Et il était fâché, précise Audrey. Il a grondé les garçons, et particulièrement Félix pour avoir jeté ton agenda par la fenêtre. Ils ont tous eu une retenue.

— Oh, laisse tomber Isabelle.

— C'est génial, non? dit Jade. Ils l'ont tellement méritée.

— Hum, oui, répond Isabelle en se grattant la tête. Ouais, j'imagine.

Chapitre six

Isabelle ignore pourquoi elle se sent coupable d'avoir causé des ennuis aux gars. Jade et Audrey sont ravies que monsieur Champagne ait donné une retenue aux garçons, mais ce n'est pas aussi simple pour Isabelle.

Ce soir-là, elle s'assoit dans son fauteuil poire et regarde son agenda. Un autre jour, elle y aurait écrit tout ce qui lui serait passé par la tête. Mais pas aujourd'hui. Elle se rend compte qu'elle ne peut plus écrire dans son agenda sans avoir la certitude que ça restera confidentiel.

Elle regarde encore son agenda lorsque sa mère frappe à la porte de sa chambre.

— Es-tu occupée, Isa?

Isabelle hausse les épaules.

— Pas vraiment, murmure-t-elle sans lever la tête.

Sa mère entre dans la chambre et va s'asseoir au pied du lit.

— Isabelle, quelque chose ne va pas?

Isabelle secoue la tête. Puis, elle fait signe que oui. Par où commencer? Elle relève finalement la tête et montre son agenda à sa mère.

— Regarde!

Sa mère aperçoit la couverture abîmée et les pages salies et froissées.

— Oh Isa, est-ce que c'est arrivé aujourd'hui?

Isabelle hoche la tête et éclate en sanglots.

— Oh ma puce! dit gentiment sa mère en l'enlaçant. Est-ce que tu veux en parler?

Isabelle secoue la tête tout en continuant de pleurer. Elle n'est pas capable d'en parler maintenant, mais c'est correct. Sa mère est le type de personne qui ne s'en fait pas de voir quelqu'un pleurer. Elle s'assoit calmement et attend que l'autre soit prêt à en parler. Elle caresse les cheveux d'Isabelle.

Quelques minutes plus tard, Isabelle renifle, essuie ses yeux et s'assoit.

— Alors, demande sa mère en souriant et en repoussant une mèche de cheveux collée sur le visage d'Isabelle. Qui s'en est pris à l'agenda de mon Isa?

Isabelle sourit, puis elle raconte en détail l'incident à sa mère.

Toutes ses émotions refont surface. La colère, l'inquiétude, la douleur, ainsi que l'étrange sentiment de culpabilité qu'elle a ressenti après que les garçons ont été punis.

Sa mère écoute attentivement, sans l'interrompre une seule fois. Quand Isabelle termine son récit, elle lui dit:

— Ce n'est pas surprenant que tu aies ressenti le besoin de pleurer. Comment te sens-tu, maintenant?

Isabelle réfléchit.

— Un peu mieux, mais pas bien. En fait, je ne me sens pas bien du tout. Je crois que je serai trop malade pour aller à l'école demain.

— Bien essayé, réplique sa mère en souriant. Mais crois-tu vraiment qu'une journée de congé réglera tous tes problèmes?

— Non, soupire Isabelle. Probablement
pas.

— Penses-y. Pour quelle raison te sens-tu
coupable ? Tu n'as pas aimé qu'on lise tes
pensées personnelles à voix haute. Ces garçons ont été odieux.

— Ouais...

— Et c'était la décision de monsieur
Champagne de leur donner une retenue,
pas la tienne.

— Ouais, tente de se convaincre Isabelle en hochant la tête doucement. Sauf que...

— Je sais, dit sa mère. Personne n'aime voir ses amis se faire punir.

— Ouais, j'imagine que c'est ça.

Lorsque sa mère quitte la chambre, Isabelle continue de penser. Puis, elle se rend compte que c'est autre chose qui la dérange.

La vérité, pense-t-elle, c'est que je ne sais pas si Oscar a déjà été mon ami. Car s'il l'a été, pourquoi aurait-il pris mon agenda ? Pourrons-nous rester des amis après ce qui s'est passé ou serons-nous plutôt des ennemis à partir de maintenant ?

Chapitre

sept

Le lendemain, Isabelle est encore nerveuse à l'idée d'aller à l'école. Juste avant que son réveil sonne, elle a fait un rêve qui lui semblait si réel qu'elle a l'impression que ça s'est véritablement passé.

Dans son rêve, tous les gars de sa classe avaient lu son agenda, et en plus de la blâmer d'avoir créé des ennuis à Oscar, à Félix et à Xavier, ils se moquaient des secrets qu'elle y avait écrits.

Pendant le trajet d'autobus, le simple fait de penser à son rêve lui donne la chair de poule. Elle essaie de se convaincre que tout ça est ridicule, mais ça ne fonctionne pas très bien.

Lorsqu'elle arrive à l'école, elle aperçoit près du mûrier Jade et Audrey qui parlent avec leurs meilleures amies, Zoé et Aurélie.

— Isa! crie Aurélie en lui envoyant la main. On t'attendait.

— Est-ce que ça va? demande Zoé tandis qu'Isabelle s'approche d'elles. Jade et Audrey viennent de nous raconter ce qui s'est passé hier.

Isabelle hoche la tête.

— Oui, ça va. Je m'excuse de ne pas être

allée clavarder avec vous hier soir pour vous dire moi-même ce qui est arrivé, mais je me sentais trop...

— Furieuse? souffle Jade.

— Fâchée? dit chaleureusement Zoé.

— Épuisée? lance Audrey.

— Comme si tu voulais mettre tous les garçons du monde dans une fusée et les envoyer sur la lune? avance Aurélie.

— Hein? dit Isabelle, en regardant Aurélie d'un air étonné.

— J'ai un frère, lui rappelle Aurélie. Je comprends que tu puisses avoir parfois envie que les gars disparaissent à jamais.

— Oui, bon... dit Isabelle en souriant. C'est un peu ça, mais... tente-t-elle d'expliquer en s'assurant qu'aucun gars de sa classe n'est aux alentours. J'essaie de travailler sur la suite des choses.

— Qu'est-ce que tu veux dire ? demande Audrey.

— Bien, je ne sais pas exactement, dit Isabelle. Zoé, Aurélie et toi avez des frères, et je sais que Lydia et toi jouez souvent avec vos cousins. Mais je ne connais pas aussi bien les gars que vous, alors j'ai un peu de difficulté à comprendre leur raisonnement.

— Je ne sais toujours pas ce que tu veux dire, persiste Aurélie.

— Moi si, dit Jade. Je n'ai pas de frère non plus, alors je sais comment se sent Isa. Tu vois, si une fille avait pris l'agenda d'Isa – bien que je ne connaisse aucune fille qui aurait fait ça ! – Isa aurait su comment gérer la situation. Elles auraient eu une bonne discussion, puis l'autre fille lui aurait expliqué pourquoi elle a agi ainsi, et Isa lui aurait exprimé ses sentiments. Puis, au bout du compte, elles seraient capables de rester des amies. Mais comment réagir avec un garçon ?

Isabelle soupire de soulagement.

— Oui, c'est exactement ce que je voulais dire ! Je ne savais simplement pas comment l'exprimer.

— Aaah ! disent les filles en chœur.

— Ouais, bien, ça ne se passe pas de cette façon avec les gars, prétend Audrey. Du moins, pas avec mes cousins.

— Bon, comment ça se passe, alors ? demande Isabelle.

— Bien, on s'ignore pendant un moment, et plus tard, on fait semblant d'avoir oublié la chicane et on agit comme si rien n'était arrivé.

Isabelle grimace.

— Je ne crois pas en être capable. Comment ignorer ce qu'il... je veux dire, ce qu'ils ont fait à mon agenda ?

Aurélie hausse les épaules.

— C'est assez embêtant, mais Audrey a raison. Chaque fois que je me dispute avec Lucas, je fais comme si rien ne s'était passé.

Isabelle et Jade se regardent avec horreur et stupéfaction.

— Mais ce n'est pas juste ! s'exclame Isabelle.

— Je sais, dit Zoé, c'est vrai. Mais c'est comme ça que ça fonctionne avec les gars.

Cette solution ne semble pas faire l'affaire d'Isabelle. Pas du tout.

Chapitre
* huit *

Peu importe ce que lui disent ses amies, Isabelle ne croit pas être capable d'agir normalement lorsqu'elle reverra Oscar. Elle n'aura pas de difficulté à ignorer Félix et Xavier, et elle sera même heureuse de les éviter et d'oublier qu'ils existent.

Mais c'est différent avec Oscar. Je veux simplement savoir s'il est désolé, pense-t-elle. Si je sais qu'il est désolé, même s'il ne me le dit pas en personne, ce sera correct.

Isabelle a soudain une idée de génie.
Pourquoi ne lui demanderait-elle pas, si elle
voulait le savoir ? Après tout, ce n'est pas
parce que Zoé, Aurélie et Audrey ont leur
façon d'agir avec les garçons qu'Isabelle
doit agir ainsi avec Oscar !

Il ne faut pas mettre tous les garçons
dans le même panier. Chaque personne est

différente, non? Isabelle commence à être énervée. Oui, je vais le faire! Je vais agir avec Oscar de la même façon que j'agirais si j'étais en brouille avec une fille. Je parie qu'on trouvera une solution.

Oscar, Félix et Xavier ont leur retenue ce midi-là dans le bureau de madame Plante. Le mercredi est la pire journée pour avoir une retenue, car madame Plante est le professeur le plus sévère de toute l'école.

Les retenues se passent pendant les vingt premières minutes de l'heure du dîner. Les élèves peuvent ensuite aller rejoindre les autres dans la cour de récréation pour jouer et manger leur lunch.

Dix-neuf minutes après le début de la récréation du midi, Isabelle regarde sa montre pour la quatorzième fois. Elle tient une extrémité de l'élastique pendant que Zoé saute. Il y a une file d'attente pour sauter à l'élastique aujourd'hui.

Zoé a à peine terminé son tour qu'Isabelle lui dit :

— Hé, Zoé, peux-tu prendre mon bout ? Je dois, euh, faire quelque chose. J'en ai pour une minute.

Zoé la regarde curieusement sans poser de questions.

— Bien sûr Isa.

Isabelle enlève ses jambes de l'élastique qu'elle tend ensuite à Zoé. Mais Zoé prend d'abord le temps d'ajuster sa barrette.

Isabelle doit se mordre la lèvre pour ne pas brusquer son amie. Elle ne veut pas la froisser, mais elle ne veut pas manquer Oscar non plus.

Zoé enjambe finalement l'élastique. Isabelle soupire de soulagement.

— Isa, est-ce que ça va? demande Zoé.

— Ouais, la rassure Isabelle. Écoute, je vais tout te raconter plus tard, mais je dois partir.

Elle regarde sa montre une fois de plus.

— Maintenant!

Elle traverse la cour de récréation à toutes jambes. Elle arrive à la porte principale au moment où madame Plante et les élèves qui étaient en retenue sortent. Madame Plante les salue, puis elle se dirige vers la salle des professeurs.

J'ai réussi! pense Isabelle. Juste à temps pour parler à Oscar avant qu'il aille jouer avec ses amis.

Il est là, à la queue du groupe, derrière quelques élèves de la classe de madame Plante. Il marche en compagnie de Félix et de Xavier.

Bien, nous pouvons nous expliquer.

Isabelle est sur le point de l'interpeller lorsque Félix lève la tête et l'aperçoit.

— Oh, super, dit-il en parlant fort. Regardez qui est ici. Comme si tu ne nous avais pas déjà causé suffisamment d'ennuis. Qu'est-ce que tu veux maintenant, Isabelle ?

Chapitre neuf

Isabelle a le cœur brisé. Ce n'est pas la façon dont sa conversation avec Oscar était supposée se dérouler. Il la regarde bizarrement, puis il détourne rapidement son regard.

Que signifie ce regard? se demande Isabelle. Est-ce qu'il se sent coupable à propos d'hier, ou est-il fâché de me voir, comme Félix?

Elle dit à voix haute:

— En fait, je dois parler à Oscar.

Xavier râle.

— Pourquoi ? Nous n'avons pas encore mangé.

— Ça ne prendra que quelques secondes, laisse tomber Isabelle.

Je veux seulement lui PARLER !

— Ouais, bien sûr, réplique Félix. Je connais les filles. Ma sœur dit : « Ça prendra seulement une minute », puis elle passe toute la nuit au téléphone. Ne lui parle pas, Oscar. Sinon, tu n'auras pas le temps de jouer.

— Je m'excuse, mais est-ce que ça te regarde ? intervient Isabelle. Et en plus, est-ce que Oscar peut parler pour lui-même ?

Elle regarde Oscar avec espoir, mais c'est Xavier qui lui répond.

— Alors, pourquoi ne dis-tu pas ce que tu as à dire ? Vas-y. Nous t'attendons, Oscar.

— Non ! s'empresse de répondre Isabelle. C'est hors de question. C'est personnel. Je dois parler à Oscar en privé. D'accord ?

Oscar se traîne les pieds en regardant le sol.

— Bon, d'accord. Mais seulement une ou deux secondes...

Puis, Félix se met à rire d'une façon qui n'est pas drôle du tout.

— Tu préfères lui parler plutôt que de jouer au soccer avec nous ? Est-ce que c'est ta copine, Oscar ?

Oscar devient rouge comme une tomate, puis il lance un regard furieux à Isabelle.

— Tu RÊVES ou quoi ? lance-t-il à Félix avec empressement. Jamais de la vie.

— Alors, qu'est-ce que ça veut dire ? demande Félix.

— Rien, répond Oscar. Salut Isa. Vous venez les gars ? J'ai faim.

Il contourne Isabelle et s'éloigne en compagnie de Félix et de Xavier qui rient toujours derrière lui.

Isabelle se retrouve seule. Elle est embarrassée et très en colère. Et aussi plus mélangée que jamais.

Tandis qu'elle retourne rejoindre ses amies qui jouent à l'élastique, Isabelle essaie de comprendre ce qui vient de se passer.

Elle est au moins certaine d'une chose. Son plan de parler à Oscar comme s'il était une fille n'a pas fonctionné. Mais Isabelle n'est pas près d'abandonner.

— Isa ? dit Zoé, en se levant du banc sur

lequel elle est assise en attendant son tour. Où étais-tu?

Isa regarde les filles qui jouent à l'élastique. Elle n'a pas envie de leur raconter sa discussion avec Oscar – si on peut appeler ça une discussion. Elle a seulement envie de bavarder avec ses meilleures amies.

Elle ne veut pas non plus créer de jalousie en invitant Aurélie à se joindre à la discussion privée qu'elle a avec Zoé, et laisser les autres de côté.

Isabelle soupire. Lorsqu'on est une fille, il faut toujours se soucier de ce que les autres ressentent et s'assurer qu'on ne fait de peine à personne! Les gars ne s'attardent pas à ça.

Pourquoi les gars ne font-ils pas plus d'efforts de temps à autre, et les filles, un peu moins? Ce serait tellement plus facile.

Si c'était ainsi, elle pourrait simplement dire :

— Hé Aurélie! Viens ici, j'ai quelque chose à vous dire, à toi et à Zoé.

Et ça ne dérangerait personne. Et puis, si les gars s'étaient davantage souciés de ses sentiments, ils ne l'auraient pas mise dans cette situation...

Elle soupire à nouveau. Les gars et les filles sont peut-être trop différents pour se comprendre les uns les autres.

Chapitre dix

Quand Aurélie termine son tour à l'élastique, elle s'éclipse discrètement pour savoir ce qui se passe avec Isabelle. Les autres ne se douteront de rien si toutes les trois se retirent tranquillement dans un endroit où personne n'entendra ce qu'elles disent.

Isabelle leur explique ensuite qu'elle a essayé de parler avec Oscar. Elle croyait que Zoé et Aurélie seraient aussi surprises qu'elle par rapport à ce qui s'est passé, mais elles la regardent plutôt d'un air grave et sérieux.

— Mais qu'est-ce qui t'a pris? dit Aurélie. Oscar n'aurait jamais osé te parler devant Félix et Xavier.

— Pourquoi pas? demande Isabelle. Il m'a déjà parlé un millier de fois. Parfois seul à seul, et parfois lorsqu'il était avec ses amis. Pourquoi est-ce que ce serait soudainement un problème?

— C'est un gros problème! dit Aurélie. Les autres fois qu'il t'a parlé, c'était à propos de tout et de rien. Des bagatelles sans importance. Mais tu souhaites maintenant lui parler de quelque chose d'important, de quelque chose qui le gêne.

— Mais c'est ridicule, dit Isabelle. Je ne voulais pas lui parler de quelque chose qui allait lui faire de la peine ou l'embarrasser. Je souhaitais simplement lui demander s'il était désolé pour ce qui s'est passé hier, et ensuite lui expliquer pourquoi j'étais fâchée.

Aurélie soupire.

— C'est ce qu'on disait ce matin. Les gars ne parlent pas de ces choses-là. Dis-lui, Zoé.

Zoé hoche la tête.

— Tu dois nous croire, Isa. Tu ne peux pas t'attendre à ce que les gars réagissent comme les filles.

— C'est inacceptable ! lance Isabelle, exaspérée. Vous me dites que les gars n'ont pas de sentiments et qu'ils peuvent faire ce qu'ils veulent, juste parce que ce sont des gars.

— Non, ce n'est pas ça, explique Zoé. Écoute, Oscar est sans doute désolé. Et en plus, tu as dit qu'il avait rougi lorsque Félix lui a demandé si tu étais sa copine, non ?

— Ouais. Mais il avait l'air de me détester immédiatement après.

— Oublie ça. L'important, c'est qu'il ait rougi. Donc, il t'aime probablement.

— Mais pas d'amour, souligne Isabelle en rougissant à son tour.

— Ça n'a pas d'importance, poursuit Zoé. Il t'aime suffisamment pour rougir. Alors, il regrette probablement ce qu'il a fait à ton agenda. Et puis, si vous étiez seuls tous les deux, il te le dirait peut-être. Mais il ne le fera jamais devant ses amis – et particulièrement s'il sait qu'ils le taquineront à propos de toi.

— Et c'est certain que Félix et Xavier le taquineraient, ajoute Aurélie.

— Qu'est-ce que je fais? questionne Isabelle. Dois-je supposer qu'Oscar est peut-être désolé, et agir comme s'il était réellement désolé et qu'il me l'avait dit?

— Oui, dit Aurélie.

— Non, dit Zoé en même temps.

Isabelle les regarde, puis elle pose ses mains sur ses hanches.

— Bon, s'impatiente-t-elle. C'est oui ou c'est non?

Aurélie hausse les épaules et regarde Zoé.

— Je ne sais pas. Qu'en penses-tu, Zoé?

— Bien, c'est peut-être les deux, dit Zoé. C'est oui, parce que le fait qu'Oscar ait rougi, c'est peut-être sa façon de te montrer ses sentiments. Et non, parce que, s'il t'aime vraiment, et je crois que c'est le cas...

Elle regarde Isabelle attentivement. Isabelle se retient de rougir à nouveau.

— Bien, s'il t'aime, poursuit Zoé. Il fera certainement quelque chose pour te prouver qu'il est désolé.

— Comme quoi?

Zoé hausse les épaules.

— Je n'ai pas la moindre idée. Tu devras rester attentive pour le découvrir.

— Et si ça n'arrive pas, suppose Isabelle en tentant de faire comme si ça n'avait pas d'importance.

Zoé lui sourit.

— Ça va arriver, dit-elle.

Chapitre onze

Ce soir-là, Isabelle prend quelques feuilles de papier dans son tiroir. Elle souhaite écrire une liste, mais elle n'est pas encore prête à inscrire des choses importantes dans son agenda.

Je devrais peut-être me procurer un autre agenda, pense-t-elle. Un agenda top secret que je garderais à la maison.

Il y a tellement de pensées qui tourbillonnent dans la tête d'Isabelle qu'elle doit les écrire quelque part.

Ça lui a fait du bien de parler avec Zoé et Aurélie, et elle s'estime chanceuse d'avoir deux meilleures amies aussi cool. Cependant, il y a des choses qu'elle ne partage pas avec elles, des choses qu'elle ne dirait même pas à sa mère.

Il y a certaines choses qu'elle peut seulement écrire pour elle-même, dont ses sentiments à propos de ce que lui avait dit Zoé cet après-midi-là. À propos d'Oscar qui l'aime, ou plutôt qui l'aime probablement.

Mais si Oscar l'aime vraiment, elle n'arrive pas à comprendre pourquoi il a voulu lui faire de la peine.

Elle en avait parlé à Zoé et à Aurélie, mais leurs réponses n'avaient aucun sens.

— Il ignorait que ça te mettrait en colère s'il prenait ton agenda, a dit Aurélie, ce qui paraissait très étrange aux yeux d'Isabelle.

— Il l'a peut-être fait parce qu'il t'aime, a dit Zoé, ce qui lui semblait encore plus ridicule.

— Pourquoi aurait-il pris mon agenda privé et personnel, l'aurait lu à voix haute et aurait ri de ce qui y était écrit avec ses copains? Parce qu'il est mon ami? demande-t-elle plus confuse que jamais.

— Il essayait peut-être d'attirer ton attention, avance Zoé. Il voulait peut-être même savoir si tu avais écrit quelque chose à propos de lui dans ton agenda.

Cette hypothèse a fait rougir Isabelle. Elle est heureuse qu'il n'ait pas lu les

commentaires qu'elle a écrits après qu'il lui
a donné sa barre tendre ou qu'il lui a cédé
sa place dans la file d'attente à la cantine.

Pourquoi les gars sont-ils si étranges com-
parativement aux filles? Pourquoi souhaite-
t-elle encore qu'Oscar l'aime après ce qu'il

lui a fait ? Pourquoi a-t-il agi aussi méchamment, alors qu'elle a toujours cru qu'il était gentil ?

Et pourquoi suis-je préoccupée ? pense Isabelle en poussant un soupir.

Elle a l'impression qu'avec les garçons les filles doivent tout deviner par elles-mêmes ! C'est tellement agaçant. Elle se sent comme si elle avait quelque chose de pris entre les dents, ou qu'elle devait résoudre un problème de maths qu'elle ne comprend pas. Isabelle ne pourra arrêter de penser à cela tant qu'elle n'aura pas trouvé une solution.

Assise à son bureau, Isabelle a l'impression que toutes ses idées embrouillées vont exploser dans son cerveau. Elle n'a encore rien écrit sur la feuille devant elle.

Bon, c'est vraiment une cause perdue, pense-t-elle. Je n'arrive même pas à trouver les mots pour expliquer ce que je ressens !

Elle abandonne l'idée d'écrire ses pensées et dessine plutôt un visage songeur. C'est le mieux qu'elle peut faire pour exprimer ce qu'elle ressent en ce moment.

— Viens, Bijou, dit-elle à son chien saucisse qui est couché sur son lit. Allons voir si maman me laissera boire un chocolat chaud avant d'aller au lit.

Regarder des guimauves fondre dans son lait chaud lui changera peut-être les idées. Ce sera mieux que de rêvasser et de se demander si, oui ou non, Oscar est son ami. Le petit chien saute du lit et suit Isabelle à l'extérieur de la chambre.

— Alors Bijou, crois-tu qu'Oscar a aussi de la difficulté à penser à autre chose ?

Les mots sont sortis de sa bouche sans qu'elle s'en aperçoive.

Elle se ressaisit.

— Arrête, Isabelle ! Essaie de ne pas penser pendant quelques secondes !

Chapitre douze

Le lendemain, à l'école, Isabelle tente de se concentrer très fort sur son travail. De cette façon, elle arrêtera peut-être de se répéter sans cesse les mêmes questions dans sa tête.

Pour la première période de la journée, monsieur Bédard leur donne un cours d'histoire. Ils parlent de la Première Guerre mondiale, des soldats qui se sont enrôlés dans l'armée et qui sont partis au combat.

Certains d'entre eux étaient à peine plus âgés que les élèves de la polyvalente que croise Isabelle à tous les matins dans l'autobus. Elle a de la difficulté à y croire.

Cela lui donne l'impression que les gars sont encore plus mystérieux et bizarres qu'elle se l'était imaginé.

Monsieur Bédard demande à la classe de penser aux raisons qui ont pu pousser les jeunes garçons à s'engager dans une guerre qui se déroule à l'autre bout du monde.

Isabelle se redresse sur sa chaise. Ce sera intéressant de savoir ce que les gars ont à dire sur ce sujet. Plusieurs d'entre eux jouent à des jeux de guerre dans la cour de récréation. Ils se pourchassent et font semblant de se tirer dessus les uns les autres.

Ça peut paraître ridicule, mais ça aidera probablement Isabelle à mieux comprendre les garçons. Dans la classe, la majorité des élèves qui ont levé la main sont des gars.

— Oui Félix, dit monsieur Bédard. Que ferais-tu? Irais-tu à la guerre?

— Eh bien, je me ferais un devoir d'y aller, répond Félix. Si c'est la seule façon de protéger mon pays, c'est ce qu'il faut faire.

— C'est vrai, dit Oscar. Mais j'aurais quand même peur. Même si c'est la chose à faire, ça ne signifie pas que j'aimerais ça.

Isabelle hoche la tête, puis elle se recule sur sa chaise. C'est exactement ce que j'aurais répondu, pense-t-elle, rassurée. Aurélie et Zoé avaient probablement raison. Les gars n'agissent pas toujours comme les

filles, mais ils ont parfois les mêmes sentiments qu'elles.

Isabelle ne se rend pas compte qu'elle
fixe Oscar pendant qu'elle pense, jusqu'à ce
qu'elle s'aperçoive qu'il la regarde aussi.
Surprise, elle cligne des yeux et s'apprête à
détourner son regard lorsque Oscar lui

Les gars
et les filles
ne sont pas si
différents!

sourit légèrement. Ce n'est pas un sourire normal – il a à peine soulevé le coin des lèvres. Mais Isabelle l'a vu.

Elle baisse rapidement le regard sur son cahier d'exercices, puis lorsqu'elle relève la tête, Oscar s'est retourné et parle avec Félix.

Mes amies ont peut-être raison pour cela aussi, pense-t-elle. Il veut peut-être demeurer mon ami.

Chapitre
treize

À la récréation, Isabelle est seule à côté du mûrier et elle attend que Zoé et Aurélie reviennent de la cantine.

Elle perçoit la situation concernant Oscar avec un peu plus d'optimisme. Oui, c'est vrai. Ce que Félix, Xavier et lui ont fait à son agenda est pratiquement impardonnable. D'autre part, elle pourrait peut-être tourner la page. Passer à autre chose, comme le lui a suggéré Aurélie.

C'est ce que font Zoé et Aurélie avec leurs frères. Elles ont raconté suffisamment d'histoires à Isabelle pour qu'elle comprenne que les gars commettent souvent des gestes impardonnables. Puis, si Zoé et Aurélie peuvent le faire, Isabelle le peut aussi.

Elle sait qu'elle aura de la difficulté à oublier le sentiment qu'elle a ressenti lorsque les gars ont lu son agenda et ri de ce qui y était écrit. Par contre, ce serait encore plus difficile de devoir être dans la même classe qu'Oscar jusqu'à la fin de l'année sans pouvoir lui parler.

Au même moment que cette pensée traverse son esprit, quelqu'un s'avance vers elle. Oscar ! Il semble nerveux.

Isabelle ne se serait jamais imaginé voir Oscar nerveux. Je me demande ce qu'il veut, pense-t-elle. Devrais-je être gentille et lui rendre la tâche facile, ou devrais-je être méchante comme l'ont été Félix et Xavier avec moi ?

Tandis qu'il s'approche d'elle, elle se demande ce qu'elle devrait faire. Puis soudain, sans penser, elle lui lance :

— Salut Oscar. Comment vas-tu ?

— Salut Isa, répond-il en courant vers elle. Alors...

— Alors, dit Isabelle.

Ils se regardent bizarrement.

Isabelle mâchouille la pointe de sa queue de cheval. Elle attend en espérant qu'Oscar lui dise quelque chose. Elle serait déçue s'il ne lui disait rien, ou pire, si Félix et Xavier s'étaient cachés quelque part pour lui faire une autre mauvaise blague de gars !

Elle regarde par-dessus l'épaule d'Oscar. Elle ne voit personne.

— Bien, dit finalement Oscar. Tiens, c'est pour toi. Euh, si tu veux. Tu pourrais t'en servir comme signet ou la coller dans ton agenda. Mais seulement si tu le veux. De toute façon...

Il dépose un objet dans sa main, puis s'en va en courant sans lui laisser le temps de répondre.

Isabelle regarde sa main avec stupéfaction au moment où Zoé et Aurélie reviennent de la cantine.

— Hé, qu'est-ce que c'est ? demande Aurélie. Est-ce qu'on peut voir ?

Isabelle leur montre la carte à collectionner qu'Oscar lui a donnée. Il y a la photo d'un joueur de hockey qui s'élance sur la patinoire avec la rondelle.

— Beurk ! dit Zoé. C'est l'une de ces cartes de hockey dont tous les garçons raffolent.

— En fait, c'est une carte difficile à trouver, répond Aurélie. Lucas les collectionne depuis des années, et il n'a jamais réussi à mettre la main sur celle-ci. Où l'as-tu trouvée ?

— C'est Oscar qui me l'a donnée.

— Non, sans blague ! s'exclame Aurélie.

— Qu'est-ce qu'il t'a dit ? s'informe Zoé en souriant.

— Il m'a dit que je pourrais la coller dans mon agenda ou m'en servir comme signet.

— Ah ! Un vrai gars, affirme Aurélie en riant. Comme si tu allais mettre quelque chose d'aussi laid dans ton agenda.

— Je ne sais pas, laisse tomber Isabelle en souriant. Peut-être bien.

— Tu vois? rigole Zoé. Je te l'avais dit qu'il ferait quelque chose. J'avais raison, non?

— Ouais, avoue Isabelle. Tu avais raison.

— Est-ce qu'il t'a aussi dit qu'il était désolé? demande Zoé.

— Non, répond Isabelle. Tu avais aussi raison à propos de ça. Il ne m'a rien dit de plus. Mais je crois que ça signifie qu'il est désolé.

Elle regarde la carte à collectionner de nouveau. C'est une jolie carte, du moins, du point de vue d'un garçon. Elle ne commencera pas à les collectionner, mais cette carte est parfaite pour son agenda cette semaine.

En levant la tête, elle aperçoit de l'autre côté de la cour Oscar qui la regarde. Elle lui sourit et lui envoie la main.

— Merci ! crie-t-elle.

Fin

L'histoire d'Isabelle t'a plu ?
Tu aimeras tout autant
l'histoire des autres filles
de la collection **Go GiRL!**

À lire aussi

La soirée **pyjama**

La pire **gymnaste**

Esprit **de famille**

La récré **du midi**

Vacances **en famille**

Camp de **torture**

La rentrée **scolaire**

La nouvelle **élève**

Go Girl!

La nouvelle série qui encourage les filles à se dépasser !

La vraie vie,

De vraies filles,

De vraies amies.

Imprimé au Canada